挪威槭

郭爽 著

长篇

百花文艺出版社
天津出版传媒集团

图书在版编目（CIP）数据

挪威槭 / 郭爽著. -- 天津：百花文艺出版社，2022.6
（百花中篇小说丛书）
ISBN 978-7-5306-8278-4

Ⅰ. ①挪… Ⅱ. ①郭… Ⅲ. ①中篇小说－中国－当代 Ⅳ. ①I247.5

中国版本图书馆 CIP 数据核字(2022)第 042047 号

挪威槭
NUOWEI QI
郭爽 著

出 版 人：薛印胜 选题策划：汪惠仁
编辑统筹：徐福伟 责任编辑：孔吕磊
装帧设计：任 彦
出版发行：百花文艺出版社
地址：天津市和平区西康路 35 号 邮编：300051
电话传真：+86-22-23332651（发行部）
+86-22-23332656（总编室）
+86-22-23332478（邮购部）
网址：http://www.baihuawenyi.com
印刷：山东临沂新华印刷物流集团有限责任公司
开本：700×980 毫米 1/32
字数：42 千字
印张：4
版次：2022 年 6 月第 1 版
印次：2022 年 6 月第 1 次印刷
定价：29.00元

如有印装质量问题，请与山东临沂新华印刷物流集团有限责任公司联系调换
地址：山东省临沂市高新技术产业开发区新华路 1 号
电话：(0539)2925886 邮编：276017

郭爽 / 作者

一九八四年生。出版有《正午时踏光焰》《我愿意学习发抖》。曾获山花双年奖·新人奖、西湖·中国新锐文学奖等奖项。

把父亲带到莫斯科，不是个容易的决定。他牙不好，对食物也就挑剔得很。嫌弃食物常常变成对人发火，脾气越发显得古怪。她怀疑父亲跟她一样，习惯用愤怒掩盖不适，牙齿只是借口。比如，他总是埋怨把他一口好牙弄坏的庸医，只因是某位熟人介绍，才错信上门，把好牙变坏牙。错信这回事，在父亲的人生中发生的次数不多也不少。在小地方，公共空间的缺失让信任变成吊诡的事。医术好坏的评估，往往夹杂了几辈的人情世故。细究下来，如果信了谁，事后被证明是错误的，那只暴露出当时处境的难堪。弄牙时父亲才三十岁出头，私人牙科诊所远不如现在这般普及，他那时还没什么钱。她能分析原因，但一口好牙生生被弄坏了的终究是父亲。而且，跟他那些隐秘的、沉睡在记忆底层或心湖深处的烦恼不同，牙既暴露于人前，也要日日使用，才成了发泄的出口。

现在，父亲就在她对面咀嚼。一张圆桌，七八人围坐。其他人都三两个熟人挨着，只有她跟父亲隔桌相对。早上，父亲不听她劝，在红场边上的百货公司买伏特加。她说回国前再买不迟，酒瓶子这么重，一路颠簸碰碎了麻烦。父亲坚持买下来，说要回头找东西太麻烦了。她吼了父亲几句，转头就后悔，但也不肯就此道歉。旅程才开始，她还执意一切由自己做主。

三十七人的旅行团，再赌气，吃饭还得回到一张桌子上来。一对夫妻隔在她和父亲之间，年龄比父亲略小。挨着她坐的那位妻子让她多搛菜，显得亲热。她也就留心了对方的样貌穿着。平常的休闲服，没有化妆，包是名牌，不知真假。

她客套回了几句话，得知对方姓柴。柴女士让她看邻桌，一个狮鼻的女人在高声说话，笑闹之余伸手拍打相邻老年男性的肩。

柴女士说："她老公。"

"不是她爸吗？"

"她老公。"柴女士拖长尾音。

"是她爸吧？"

"噫……她自己说的。"

"年纪太大了吧？"

"你听她口音，哪个乡下的。"她仔细听了听，回看柴女士一眼。

柴女士似笑非笑地说："你妈妈没来？"

"我妈妈啊……"她像往常那样答道，"去世了。"

"不好意思。"

“没什么,都二十几年了。”

父亲还在慢慢咀嚼。父亲虽然快六十岁了,但没秃顶没发福。而她呢,嫌室内暖气太足脱了外套,是年轻饱满的身体。她跟父亲长得一点也不像。狮鼻女人声音又高了起来,倚着老人撒娇,五官挤在一起像一张揉皱的漫画。柴女士用手肘顶顶她,意味深长地笑了。

旅行团里的人,关系混乱又古怪,嘴上说是夫妻的有多少是真夫妻,大概只有导游知道。虽然人天性就喜欢议论别人的坏处,但暂时聚集的人不需要确认那么多真假。被误会了也谈不上冒犯。她看向柴女士,柴女士正给丈夫搛菜,而丈夫瞟着她。或许,让人误会她是父亲的情人也不是坏事。至少,柴女士的丈夫就不会在列宁墓门口跟她搭讪。

她大剌剌开了罐啤酒,咕咚咕咚往肚子里灌。这下父亲倒是瞪着她了。她冲父亲举杯,算打平。

更年轻的时候,她总在别人的目光和自己的观察间摇摆。她知道邻居和同事们怎么议论父亲。那些人的孩子鹦鹉般将父母的话传递。而她将男孩子打了几次后,就长出了一层厚厚的茧,包裹住耳朵和身体。爸爸只是她一个人的爸爸,只有她才了解他。

在她和父亲生活的小城,跟世上其他小地方一样,处处有欠缺,却不欠缺正常人。正常人没了妻子后,很快再娶,生养新的孩子,像什么都不曾发生。而父亲呢,却执意不让自己的伤疤平复,人们也就难以忘记。还有,正常人务实,要算得失,也就不喜欢不愉快的记忆,哪怕这记忆可以对比出他们短暂的幸福,却也会消磨掉他们太多时间与感情。总是不值当。

所幸,父亲的植物学专业和教书匠的职业,让他抵抗住了时代的变化,中间虽受过穷,但搞农学的人始终没有失业，流言和轻蔑，也就不能从根本上动摇他生存的根基。他做实验、讲课、下乡、种植，靠工资养活自己及女儿。而别人，在几十年里，间或被钱冲散家庭，走向他们没有想过的离婚或噩运。如白炽灯泡里的钨丝，某一刻忽地断裂，暗淡了。

于是在别人口中，父亲的形象渐渐转变，从“败坏”变成了平常人。

而她也长大了。谈了几次恋爱，失恋过也背叛过别人后，她面对父亲反而轻松了。既然她不是个完美的女儿，不是个完美的人，那么父亲也尽可以自私地度过他的一生。只是她希望，这个跟自己一样自私、时而软弱时而倔强的父亲，不要那么快离开她。父亲如果不听话，比如现在，又固执地买了酒，她就气回他。然后两人对饮，把一瓶啤酒分了。酒喝得见底，跟父亲怄的气也就消散了。

离开饭馆前，她挽着父亲的胳膊走向大巴。狮鼻女人在前面,年迈的丈夫腿脚不灵便。跟其他团员各自打量着伴侣之外的人不同,狮鼻女人被丈夫的身体牵绊住,亦步亦趋,像被动的刑罚。嫁给老头子的年轻女人就是这样吧,被人看不起,无论是美还是丑。道德的天平倾向于定性这桩婚姻是出于利益,而非感情。即使在这么一个对他人知之甚少的临时小团体里,人们也迅速地轻易地建立起道德鄙视链。坏话比人想象的传得更快。女人们都站得远远地看着,似乎道德瑕疵是种病症,会传染。

母亲逃走是因为这个吗?母亲后来嫁了个外科医生。听说外科医生在国外都很有钱。母亲生的两个孩子,彻底取代了她。在枫叶之国加拿大,没人计较母亲的前史,也无从知晓。

卡通式地拼凑出母亲的全貌并不是件难事,可她常常怀疑,这么做跟真实相距甚远。一个人对另一个人的了解,能达到什么程度?就算是共同生活的父亲,她又了解多少呢。从她记事起,就不乏陌生的阿姨试图照顾和讨好她。她从高中开始寄宿,偶尔回家,会发现女人过夜的痕迹,水池里长长的头发,或者一把新的牙刷。

她试着去喜欢她们，但又不敢真的喜欢她们,担心她们迟早会从她生活里消失,而她就会像弹簧坏掉的玩具，被失控的余震摇出一颗更破碎的心。父亲向她示范着爱,但这只是对女儿的爱、血缘之爱,不是一个人对另一个无关的人、一个男人对一个女人的忍耐、渴望恒久的爱。

父亲问过,为什么非得现在去旅游,他不爱旅游。

她说:“你去年跟团去台湾不是很开心吗?回来唠叨了半年。”

父亲说:“你工作也挺忙的,不用陪我。”

她说:“谁要陪你啊,我抽奖抽中的。”

父亲说："那叫鹏远跟你一起去。"

"他啊，他去过了。"

她觉得在她成长的日子里，父亲也是这么哄她的。

双人旅行套餐是年会抽奖抽中的，不过不是她抽的，是陈鹏远。兑换券过期前，他们打算一起用掉，反正他们也很久没有一起旅行了。

他大方让渡东西给她，自己搬出去，车留给她，还有一屋子零碎。其中包括这张双人旅行套餐兑换券。

瓦力还是黏她，蹭着她的腿绕圈，每三天吃一盒罐头。只是陈鹏远的衣服上再也不会沾满瓦力的毛了。

跟父亲说了后，她又有些后悔。上一次跟父亲旅行是什么时候？这两年，父亲自己倒是去过中国台湾、新疆，但都是她去旅行团报了名，父亲独自出发。她搬出去跟陈鹏远同居后，慢慢有了自己的生活半径，父亲也习惯了一个人生活。但这次，父亲早早开始准备起来，上网查资料、听俄罗斯民歌，她也没太当回事。周末她回家吃饭，楼道里遇见邻居，跟她说："听说你要带爸爸去俄罗斯啊！真是厉害。"

她厉害吗？她点点头侧身走了。那天父亲做的是炝锅鱼，她最喜欢的菜，但失了手，辣得两人掉眼泪。她放下筷子，让父亲也别吃了，伤胃。父亲像没听到，把她剩的半碗米饭扒拉进自己碗里，吃得满头大汗。她擦干净鼻涕、眼泪和汗水，问父亲，你前两天听的那首俄罗斯民歌叫什么来着？

父亲站起身，手机很快响起旋律。她听了一会儿说，那就去吧。父亲没听清，问，啊？她摇摇头，跟着哼了一句歌曲的旋律，歌声好像明媚的春光。

好歹，旅途开始了，带着抽象的意味，投影在她的身体上。大巴载着他们沿莫斯科河往前走，手机地图里闪烁的蓝点显示他们在城市里爬行的痕迹。陌生人们拥有共同的旅途终点，时间进程也被设定，一切将结束于五天之后。

父亲并不知道这些，也不需要知道。就像填入境表时，父亲认真看她写英文，其实多半是拼音。父亲小心把入境表夹进护照，又仔细看起护照来。跟她已快没有空白页的护照不同，父亲的护照是崭新的。

她没法开口跟父亲说什么，多半是羞愧。或许她在等候时机。飞机上密闭相处的空间里不行，新圣女公墓的阳光和阴影下不行，克里姆林宫围墙与卫兵的包围中不行。他们滑过这些空间和时间的表面，前方有什么在隐隐地呼唤他们。

昨天，抵达谢列梅捷沃机场时已入夜，大巴拉着一团人往城里去。导游用俄语唱《莫斯科郊外的晚上》迎接他们。并不动听的歌声从麦克风传导至头顶的喇叭，再被窗玻璃回弹进车内封闭的小世界。零星灯火闪烁，俄文字母确认着异国的身份。父亲暂时拘谨着，并不像其他团员一样在导游的带动下跟着唱歌。也许只是累了。他们先飞到乌鲁木齐，从乌鲁木齐出境飞莫斯科，折腾了十来个小时。

现在，父亲在团友众目睽睽下跟她争吵再和好后，反而松弛了。早早暴露出他们的身份，突然争吵，又很快和好，内向的父亲一开局就亮了底牌。在导游的领唱下，父亲唱起《喀秋莎》："她在歌唱心爱的人儿，她还藏着爱人的书信。"

车窗外偶尔闪过教堂的金顶，天空阴沉。上午参观完列宁墓后，导游带队去天使报喜教堂。东正教圣人们的骨殖装在镀金的骨匣里，在枝形吊灯和烛台的光影间沉默。地板华丽，燧石、玛瑙和碧石像要隔绝尘世的哀喜。中国人对此并无感知。不远处，列宁的遗体在昏暗光线中被士兵守护。她和父亲放缓了步伐,转山一般绕着列宁遗体凝视。

她对着父亲唱:“喀秋莎站在那峻峭的岸上。”

“歌声好像明媚的春光。”父亲应道。

在莫斯科只停留了一天,旅行团就向圣彼得堡进发。临行前,导游大声打电话,咒骂电话那头的人。

父亲说,他同屋的男人昨晚出去了就没回来,导游这是在找人呢。

她回想父亲同屋那五十来岁的男人,很胖,衬衫领口露出条金链子。

胖男人的同伴——一高一矮两个男人跑去宾馆门口的马路上张望。

昨晚,她去宾馆大堂自助售货机买口香糖,导游正给高个儿男人和矮个儿男人介绍女孩。一个黑头发,一个金头发,不知国籍。两个男人各自挎一个出了门。导游目送两对上了出租车，回身看见她，若无其事。

在莫斯科安排的景点，除了列宁墓和克里姆林宫，当天下午去的新圣女公墓和莫斯科大学都不用买门票。导游还见缝插针把他们带去琥珀商店。她没买，父亲也没买。导游对她没好脸色，她也懒得应付。

不久，高个儿男人和矮个儿男人夹着胖男人一起回来了。

胖男人凑上来，低声对父亲说，自己赢了一千美元。一沓绿色纸钞甩在巴掌上啪啪响。

“我就跟司机说，Casino! ”胖男人说。

“Casino 是什么？”父亲说。

“赌场！”

“你会俄语？”

“这是英文！跟美元一样，世界通行。”胖男人笑起来。

“你胆子大！”

“我就这点爱好……”胖男人得意扬扬揽住父亲的肩膀，又回头问同伴，“俄罗斯小妞香不香？”

上了去圣彼得堡的火车，刚坐定，她就跟父亲说要提防同屋那胖子。

“他也不是什么坏人。”父亲说。

“你怎么知道？”

“就是个小老板。小老板嘛，出来转转就找找乐子。”

“他一个小老板没事出来转什么转？”

“小老板也有跨国业务啊，人家是出来考察的。”

“考察赌场啊？”

“他是做药材的。”

“俄罗斯人又不吃中药。”

“武先生就有亲戚在这边做中医。”

“谁是武先生？”

“柴女士的先生。”

“要有人问，你就说你是种火龙果的。一穷二白。”

“我怎么就成种火龙果的了？”

“你整天弄那些植株,不就是种火龙果的吗？”

“那人家要是问我火龙果多少钱一斤怎么办？”

“你就说你记不住。”

“人家又不傻。我也没那么傻。”

“那电视购物买回来的那些是啥？”

“人嘛,免不了吃亏上当。”

“你别给我找麻烦就行。”

“给人骗骗,就当做慈善事业。”

“好,回头你自己跟导游报名。”

“报啥？”

“你不是要去看芭蕾舞吗？”

“对，老樊也要去。”

“老樊又是谁？”

“我同屋啊，赌神。”

“他不去 Casino 啦？”

“他说在巴黎看过红磨坊，精彩得很。”

“那是大腿舞……”

出来后，父亲脾气好得很，对比之下，她暴躁又苛刻，还咄咄逼人。她觉察到了，停了嘴。或许潜意识里，她在保护一句英文也不会讲的父亲。她摇摇头，走出包厢。

临行前，她去给父亲收拾行李，清理出一堆旧衣服和破烂。父亲站着看她把东西全塞进垃圾袋，趁她不注意，又悄悄把东西掏出来。父女俩争了几句，父亲同意旧衣服进小区回收箱，“破烂”放进小阁楼。

小阁楼得站在梯子上才够得着门，她爬上去了。里面堆着更多破烂。翻检了一会儿，她看见已经长霉点的琴盒。母亲离开后，父亲再没拉过小提琴。

傍晚父亲出门散步，她把琴盒取下来。松香从盒子里滚落出来。琴弦上积着虫壳。蛀虫都早已僵死。她犹豫了一会儿要不要把琴带走，最后还是放回了阁楼。

小提琴有四根弦。弦与弦并不相交，只有在琴弓和手指的触摸下，它们才发出和弦音。父亲应该比她更懂得这一点。

车厢连接处没人，牲畜、村舍和大片的农田掠过。村舍的屋顶有红有蓝，农田则是黄绿色。色彩闪烁跳动进入她的眼底。

很小的时候，她就显露出了对色彩和造型的敏感，对父亲擅长的植物学和音乐则毫无天赋。父亲鼓励她专注观察事物，比如在他们兴趣的交集——

植物上。植物也是万物之一,父亲正巧懂得它们。叶片里汁液涌动,会低语。光合作用让植物焕发活力,根茎在运动。于是她知道,只要看得足够久,足够仔细,事物的面貌就会如试纸上析出的盐一样显形,留下人类眼睛可辨认的痕迹。从眼睛到头脑,从头脑到双手,她试着记忆、想象与转化,用色彩和线条来表达。可在传达这件事上,天赋将人区隔。极少的幸运者才能创造,她只是转译、搬运,学会一些东西,再教给人。

像父亲一样,当个教书匠没什么不好。从美院毕业后,她找了所中学当起了美术老师。对她这样的本地人而言,工作并不是决定能否在这小城活得像样的关键,她也就随意处理自己的喜好和职业。陈鹏远对她的工作倒是满意,每年两个假期,又无升学压力。男人兴许都这样,妻子和女友最好是幼儿园老师，其次是护士，既不会占用过多精力，又能为家庭做出贡献。她不经意地笑了，像是对过去的自己。

倒也有许多快乐的事。比如看学生的作品。孩子不关心人类社会既有的分类和所属，只描摹心中的图景，因为手里有一盏小灯。这灯照亮他们的感官，让他们能听到最细微的声音，主要是他们相信能听到，比如昆虫们的振翅声何尝不是低语？于是，孩子拥有自己的王国，对万物有独特的命名方式。其中部分孩子，日后会将这些幻想的名字与正式的命名相对照，从而获得秩序，成长出大人的外形。少数孩子，却可留住手中的火。

或许，她应该对手中的火苗更加确定。她快步走回包厢，想马上找到父亲。

父亲正跟邻座的俄罗斯大妈比画着说笑。大妈分巧克力给父亲。两人喝着红茶。茶很香，氤氲着水汽。

老樊趴在包厢门上，大声对父亲说：“老彭！你可以啊！”

父亲冲他摆摆手。

老樊不走：“我也想有个‘喀秋莎’啊！”

老樊跑到父亲身边挤着坐下，打量着俄罗斯大妈：“绿眼睛！”又对父亲说：“这导游也不安排我们去看看马戏！俄罗斯大马戏，多好看，多刺激！死人坟头倒是看了好些！”

“今晚不就看芭蕾舞了吗？”父亲说。

“你真该去拉斯维加斯走一趟。”

“美国啊，太远啦。”

“中国澳门也行啊！男人怎么也该去见识见识。”

老樊发现她一直瞪着自己，就笑嘻嘻说：“哎哎，我跟你爸爸可是有缘。我们俩下乡的知青点，只隔着两个大队呢。”

又对父亲说：“老哥哥，你们知青点当时是不是烧死过人？你在不在？”

父亲半垂着眼，像是陷入回忆，半晌才对她说：“唉，我的伏特加你收哪儿了？”

“爸爸！你就不能不喝吗？”

父亲缩着手，像挨骂的孩子：“跟你樊叔叔吹两句。”

老樊来了劲：“我去拿香肠，老哥哥你等着啊。”

她把两瓶迷你伏特加扔给父亲：“还有四个小时就到站。”

父亲笑嘻嘻。

香肠慢慢被啃得只剩个尾巴，父亲和老樊喝得脸泛红了。

老樊想起了什么似的问：“所以，你们村是烧死了人吗？我记得是两个？”

“两个。是被村民烧死的啊。”

“被村民烧死的？”

“说是偷了他们的粮食，被堵在山洞里。起火是意外，后来火烧大了，没人敢去救，就烧死了。”

“不能吧？”

“就是这样。”

“我怎么听说是两个知青去山洞里耍朋友，点火取暖，起了山火烧死了。”

“是男女朋友。”

“那就是喽。我们那个点，也有搞对象搞得全村都看不下去的。”

“这个我知道。”

“你知道啊？那个女的漂亮是漂亮，就是……”

“嗯，是我前妻。”

“老哥哥，你不是开玩笑吧？”

“你不信吗？我们村那两个，真的是被村民烧死的……”

她看着父亲，酒精把他的脸烧得很红。她不能确定父亲说的是实情还是醉话。关于母亲的那一句，蛇的芯子般吐出。母亲是她和父亲之间的禁忌。也不是不可以提，但只有那么数得出来的几次。现在父亲却对老樊随意说起母亲来。而且是她不知道的事。她瞪了老樊一眼，想阻断老樊说话的热情，父亲如果要说，怎么也该先说给她听。

“爸，你休息一下吧。”她说。

父亲像是没听见，趴在窗户上认真看飞驰而过的村庄。继而转身说：“有个俄罗斯小说，讲一个峡谷里的村子。这是个什么样的村子呢？是个教堂执事在丧宴上吃光鱼子酱的村子。”

“穷地方？”

“穷地方。连跳蚤都要烤来吃。”

“我们当时也老偷粮食，肚子饿啊。”老樊没头没脑接了一句。

“饿昏了什么都吃……”父亲说。

“背枪的老知青捉了人家狗儿炖来吃。” 老樊说。

“背枪的都横着走。”

“我也是听说的。我们去的时候，没有枪没有炮,天天挑大粪。”

“沃田啊？”

“往田坎上挑。”

“也怪不得他们恨。那时候太能吃,一顿四碗苞谷饭都吃不饱……”

“反正我是怕!老哥哥你那时好歹有力气,但我才十五岁啊……”

“那你还是初中生？下去是为了啥？吃粮食？”

“嗐,下去,每个月有八元生活费,头十个月还有三十五斤供应粮,我争破头也得去啊!是不是？下定决心，不怕牺牲，排除万难，去争取胜利！你那时候……是背枪的？”

“我比你大不了多少，也是中学生。下去是因家庭情况，没办法。”

“难怪不认识你。那时候出名的，都是老三届。”

“他们下去得早。咱们就赶了个尾巴。”

“你记得离我们公社不远有个林场吗？有条河从中间穿过。”

“河……河坝边上山坡上有棵消息树，是金丝楸。”

“就是那个公社，好多树，现在修成高尔夫球场了。”

“球场！那些树呢？还在不在？”

“留了些大树，以前种粮食的山坡全部被清理了。”

“哎呀！”父亲拍了下大腿，力气大得眼镜都歪了,“那么多金丝榔,可惜了。”

“金丝榔值钱吗?”

“就是榉木,现在比不上黄花梨、红木,但也是好木料。”

“嘿,那时候知道是值钱货,还刨什么土坑?种什么地?直接把树放倒。”

“你放吧,一放,你就是破坏国家资产,抓你树个典型!”

“那我就扎根农村一辈子了。”

“农村?想得美!你扎根大牢一辈子。”

两人大笑,将握着的酒瓶子碰了碰。

她在手机上搜索父亲插队的那个村子。父亲跟她说过好些次那个名字奇怪的村子,她逐字问过怎么写,也就记住了。电子地图里,一个小红点显示着这个穷乡僻壤的村落在世界上的位置。

一条黄色的断头路从最近的城镇通往村子,此外，橙色线条是国道，初建于一九三四年，沿用至今。再远些，高速公路与村子平行。她记得父亲说过，当时他都是靠走路走回城的，要走一整天。

奇怪的是，她记忆里有清晰的画面，她跟母亲站在村子对面的山头，隔着小小的湖泊眺望那村子。母亲说，你爸爸当年就在那里当知青。山苍翠，水寒青。除了这些颜色，那村子什么也看不见，就像是贫瘠本身。被困在村子里的父亲，也许也像她一样爬到山头这样远眺过吧。

景深一旦拉开，真实就可比对而出。如今父亲已六十岁，一生的命运已悉数掷出骰点。她知道父亲后来考上大学，没有再回过村子。像父亲生命里的其他秘密一样，他任由它们沉默下去。即使像现在，偶尔被拔出记忆的土层，父亲也三言两语，让往事静止在语言的边缘。

她一直觉得小城太小了，兜兜转转都是同学、亲戚。可小城似乎又很大，大得可以把很多秘密埋到地底，除非像父亲和老樊这样，被意外的挖掘机从陈旧的土层里翻挖出来，才能相逢。

车窗外色彩飞驰。她几乎有些嫉妒地听父亲和老樊在酒精的作用下一起唱着歌。不是俄罗斯民歌，而是她不会唱的、老樊和父亲知青时代的歌。

老樊说："老哥哥，我就羡慕你这样的，考上大学，起点不一样。我当年也去考了，第一年没考上。第二年再考，上了中专。"

父亲说："那年头，上中专的人也不多。你学的什么专业？"

"我说出来你别笑。"

"兽医啊？"

"真学了兽医，我也就没这么苦了。"

"就是，兽医那时候吃香啊。"

"猜不到吧，你肯定想不到。我学护理的，男护士！”

“男护士比较少见。”

“还不是怪家里，我五个姐姐，我老幺，给我取个名叫樊小花，好养活。分配专业的老师估计一看这名字就默认性别女了。全班二十七个女同学，就我一个男的。读了一年我才转到药剂班去。”

“那你现在还叫樊小花啊？”

“改了改了！”老樊笑道，“改成樊大花了！”

父亲笑。

老樊继续说：“我想着改学药剂，要再把我分派下乡，就用不着去管计划生育，是不是？我怕那玩意儿，走村串户的，还鸡飞狗跳。结果咱们又是药材大省，一来二去，还是往乡下跑。但那时候好药材真是多，山越大的地方越多。下去一趟，打几只斑鸠，再搞只‘竹溜’（学名竹鼠），那确实打牙祭了。”

父亲问起老樊去收药材的地方，两人你来我

往，更多陌生的地名涌现，连缀起他们年轻的日子，也就是二十世纪八十年代。父亲研究的是经济作物，近年果树收益高，又培育火龙果苗、百香果苗，但药材也是植物，跟老樊聊开了就没完没了。又说到土壤、水源，省内北部的高原草甸、南部的河谷地貌对种植的影响……她插不上话。

她还小时，父亲会带着她去乡下出差。他们住的是穷地方，乡下就更加破败。或者不能说破败，破败是光辉后的颓丧，而那些地方，只有石头和黄土，连房子都是草草盖成的，更不要提人的衣着日用。父亲培育的植株，栽到黄土里很难存活。他说这是土壤太坏，如果是东北平原肥沃的黑土，作物就会欣欣向荣，连叶片都会油光锃亮。可他又说，土壤不是农民能决定的，太金贵的作物，他们记不住种植方法，也种不活。许多村子指望着靠天吃饭，其实并不全然是懒惰。自然，穷地方的人愚昧，有时可恨，可如果苞谷能填饱肚子，他们也就无所求，并不想搬离。

父女俩一起坐乡村巴士在泥泞路上晃荡，她总是晕车，吐出来的是在乡下吃了还没来得及消化的苞谷糙子。那就是她跟父亲最初的旅行吧。跟现在不同，那些旅程往土地深处去。

父亲与老樊已经说到薏仁米的精加工了。话题在迅速跳转，两人不时拍拍对方肩膀，大呼小叫。

她对着车窗外彩色的村庄发愣。被烧死的年轻人，胃里也装着苞谷糙子吗？他们是不是父亲的朋友？父亲却没有再提了。

一起啃过香肠喝过伏特加后，老樊跟父亲更亲近了。去看芭蕾舞时，他跟父亲坐在一起。吃俄餐时，跟父亲大声议论三种鱼子酱的好坏。

自由活动的一小时里，老樊执意要请客，因不是饭点，只能在夏宫里找了家咖啡馆坐下。老樊打发两个手下走开，又对父亲说："自己玩都不会吗？真是！"

她问老樊这次考察得怎么样，老樊说："要等折返莫斯科才能见到自己的客户。"又嘀咕说："老毛子效率太低，但愿不要白跑一趟。"

父亲说："返回莫斯科，就待一天半，来不来得及？"

老樊说："时间约好了，就去碰个面，该签字签字，小事情。"

父亲说："你这趟成本不低。"

老樊说："老哥哥，不带两个人，不像样子。做不做得成，都要做啊。我们生意人，可不能看天吃饭。"扭头看看窗外又说："咋没有泡温泉的地方呢？这风吹着，能泡泡温泉多好。"

父亲笑。

老樊说："我也想做票大的就收山了，可钱挣进来又花出去，没个头。"

父亲小声说："你发现没有？他们水龙头里出的都是热水。之前我以为是宾馆条件好，刚才去上厕所，水龙头也出热水。"又感慨地说："这国家能源确实丰富。"

"热水是政府免费供应的，直接入户，"老樊说，"暖气也是，国家财政补贴。"

"这么好啊，"父亲感叹道，"现在我们单位一入冬还在发取暖费呢。以前还每家弄个铁炉子，烧煤，烧蜂窝煤。"

"他们吃得没我们好啊，"老樊说，"咱们到了以后，这都几顿了，带叶子的只有白菜。不带叶子的蔬菜也只有洋葱、胡萝卜。一年三百六十五天，这怎么受得了。"

"不知道他们教育、医疗怎么样。"

“就那样吧。搞石油的都去伦敦买房、享受，哪里的有钱人都这样。”

父亲望向窗外不远处的水平面：“我以为这是条河，听导游讲才知道是挪威湾，那不就是海？来俄罗斯，我以为起码要看看河。伏尔加河、顿河……”

“静静的顿河！”老樊笑了。

“你也看过？”父亲问。

“拼命翻啊翻，要翻到格里高利和阿克西妮娅搞恋爱的地方！”

“你这抓重点抓得好。”父亲笑道。

“我还真看过。不是东风压倒了西风，就是西风压倒了东风。”

“噢噫，静静的顿河，你的流水为什么这样浑？”父亲扬起声调半唱半念道。

“啊呀，我静静的顿河的流水怎么能不浑！”老樊应着，又说，“怎么样？怎么样！”

“你去过吗，顿河？”父亲问。

“没！上次来也是莫斯科、圣彼得堡。跟团就是麻烦。”老樊说。

“俄罗斯不能自由行吗？或者商务签证？”她问。

“不能吧，办起来很麻烦。我怕麻烦，”老樊随口答道，又说，“回圣彼得堡能坐船游河。也算是条河吧。”

她从包里翻出行程表：“船上还有歌舞表演。”

“主要看看风景。”老樊说。

“昨晚两个芭蕾舞演员跳完了，我看其他桌有人给小费，就也给了十元，十美元。”父亲说。

“唉，”她叹气，又对老樊说，“我爸平时花钱让人擦皮鞋都不肯。”

“留着来俄罗斯给小费的，”老樊说，“我儿子也笑话我，去俄罗斯干吗？英法德意怎么排，也轮不到它啊。我说你们年轻人不懂，不懂……”

“真来了吧,跟想的又不一样。”父亲说。

“他们不收美元这个太讨厌了,”老樊说,“昨天你们啥也没买是吧？刷卡机没信号,我刷了好几次也刷不出来,美元又不收。”

“导游手里有卢布,跟他换点。”父亲说。

“是!那是后来。刷不出来吧,又不收美元,那个胖大妈还一脸不耐烦。跟欠了她钱一样,有那么看不上吗?我说‘dollar,dollar’,她装听不见。我把钱拿出来给她看,她直接摆手,不收!”

“你要拿着美元去黄果树景区买东西,还跟人‘dollar,dollar’地喊,肯定也没人敢收啊。”父亲说。

“这不是莫斯科吗,好歹也是首都,”老樊又嘀咕着,“其他钱倒是收得挺痛快的。”

老樊招手,指着茶壶跟服务员说 hot water,服务员走过来看了看,表示不明白。老樊揭开壶盖,给服务员看看能看见底的空壶,嘴里念着“咕嘟咕嘟”，模拟往壶里倒热水。服务员把壶拿走了。老樊说：“我其实不爱出国，费劲，跟他们要个开水都不明白。”

父亲说：“可以啊老樊！我就不行，哑巴一个。”

“嗐，我也是去加拿大看儿子，被逼出来的。我住不惯，我家那婆娘，见了儿子就守着不走，一住一个月。”

“加拿大……”父亲低头喝起已变淡的茶。

“加拿大没意思，要去就去拉斯维加斯！”老樊又开始说赌场的事了。

她站起身，说要去散散步，把父亲留给老樊。

出去没走几步，看见导游在集合点的长椅上坐着。导游主动跟她打招呼，请她喝格瓦斯。她看了一眼卖格瓦斯的小推车，说她喝过格瓦斯。导游说，尝尝，跟国内的不一样。

报团时，她在旅行社网站查看过导游的资料。

如今所有老板都想跟上社交网络的浪潮,不额外投入就指望员工能带来更多红利。这个本名叫孟凡的年轻人的头像旁边被一堆不同颜色的关键词簇拥着:认真负责、细致耐心、有错就改、热爱祖国。对一个导游来说，这些词似乎为他增添了可靠的品质。可如何面对这个微胖的年轻人，没有任何有效信息。

她意识到自己在打量他的背影,心里不自觉地把这人跟陈鹏远做比较,不禁吃了一惊。

孟凡帮她的那杯格瓦斯插上吸管。她开玩笑般说:“我有男朋友的啊。”

“嗐,我也有女朋友啊。”

两人都笑了。

“怎么样? ”孟凡问。

“什么怎么样? ”

“格瓦斯怎么样? ”

“还行。”

她咬着吸管，慢慢喝饮料。她并不知道怎么跟导游说话才是合适的，或者她太久没有跟陌生的年轻男人说话了。

“感觉还行吧？”孟凡问。

“好喝。”

“我是说这儿，莫斯科、圣彼得堡。”

“我爸喜欢这儿，跟我说什么白桦林三套车，刚才又说想去伏尔加河、顿河。”

“这两条都不是俄罗斯的大河。你爸爸肯定看过《静静的顿河》。”

她沉默几秒，突然想到一个话题：“你看没看过一个电影，讲意大利人在俄罗斯的，动物园有只狮子跑出来了，撵得他们满街跑。”

“《意大利人在俄罗斯的奇遇》。”

“对对！小时候我在电视上看了好多遍。”

“里面好多景咱们今天都路过，明天就要去喀山大教堂啊，涅瓦河啊。”

“我就记得那只狮子了。”

“那只狮子已经死了。”

“啊？”

“说来话长。那只狮子是一户人家养的宠物，那家除了狮子还有豹子。”

“我看过把熊当宠物养的图片，说战斗民族什么的。是真有人养熊吗？”

“那不能。熊扇一巴掌你就没命了。倒是有养小熊来演马戏的。但你别说，也有不少老外以为中国人养熊猫当宠物的。”

“你有宠物吗？”她笑着问。

“有啊！养了只猪。”

“真的啊？”

“真的啊，我女朋友嘛。我就是动物饲养员。”

她笑了，猛然想起陈鹏远说过几乎一模一样的话，要像养猪一样养活她，让她膘肥体壮，全身散发出幸福的光芒。

夏宫的建筑外墙刷着明亮、崭新的涂料。不知是不是因为高纬度地区独特的阳光投射角度，色彩和光影都带着蒸汽般氤氲的光圈，像罩在大玻璃罩子里的玩具模型。

孟凡问她去过哪些国家。

她报出几个国家名，意识到这是她第一次跟团出游。已经快没有空白页的护照，都是跟陈鹏远在一起的前三年出去用掉的。最初的快乐总是像海浪连绵不绝。他们发现共同的爱好，再发展共同的爱好。如今，她却怀疑是过度透支了快乐的份额，才只留苦涩。

在一起第三年时，她提出过分手，理由是她没有跟谁维持过超过三年的关系，再下去就要崩溃，不如提早收场。陈鹏远说："你为什么总是逃避呢？为什么要预设一个糟糕的结果，然后早早就放弃？"她说："我就是这么有病，你受不了就走吧。"他说："你看，一说起来，你就逃避，把责任推到别人身上，然后自己躲起来。"她说："对，我就是这么没用，你现在才知道吗？"她知道自己在试图激怒他，然后以近乎戏剧化的方式破坏掉现有关系。一团混乱中，人无须再辨认对错，只需耽于情绪，就像孩子推倒积木墙。所谓失恋疗伤，多认定自己是受害者，自怨自艾。这些她都知道。可是除了父亲，她没有跟谁有过长期可信任的关系，而跟父亲，是不需选择的关系。

她和陈鹏远又一起度过了三年。后三年与前三年截然不同，不同到她的记忆里白茫茫一片，什么也没有留下。朋友们说她，这样拖下去，不结婚不生小孩，两人会散的。她当时不信。她看过一张旧照片，父亲拉小提琴，母亲跳舞，他们年轻的脸会发光。父亲后来再也不拉小提琴了，母亲呢？还跳不跳舞？

很难说是谁把关系搞砸的。最终成了讽刺剧，陈鹏远像母亲一样，成了逃走的人。与母亲留给父亲的羞辱一样，陈鹏远也用跟另一个女人的关系破坏了他们之间曾有的信任。如果这信任真的是双方的。在道德上具备了真正的受害者资格后，她却没有一丝开心。无论关系好坏，无论其中一方对关系的破坏负有多少责任，被人背叛仍是剧痛。朋友试图安慰她，跟她说，陈鹏远起码是主动跟她承认有了别人，不像某某的丈夫，留下一张字条就消失了，手机销了号，工作辞了，父母也一问三不知。“一个人凭空消失，并不会减轻伤害。”朋友说。所以对遗迹也要感恩吗？在一起住了六年，房子的角落遍布痕迹。

半夜偶发的噩梦里，她看见自己坐在墙上，双腿晃来晃去。似乎人生已走到一个十字路口，再往下，不是变成父亲，就是变成母亲。而她的痛苦在于，她不想要二手的人生，不想重复成为任何人，哪怕是父亲和母亲。

孟凡问她有没有投币许愿。

“许愿？”

“喷水池，你看见水里的硬币了吗？都是人许愿投下去的。”

“我不信这个。”

“干吗不信，试试呗。”

“我在罗马投过，在凡尔赛宫也投过。”

“两次不中，那说不定这次就中了。”

孟凡摸一个硬币给她。

“嘿，你这人到底怎么回事啊？”

“什么怎么回事？”

她接过硬币:“没事。我可不会买琥珀的啊。”

“你怎么老把我往坏了想?”

在陌生人的陪伴下,往参孙徒手掰开狮子嘴的雕像投币,多少有些荒诞,像人生更多时候的错位。硬币入水,瞬间沉底。她的心也咚的一声,不知被什么击中。

“我也来一个,”孟凡说。他摸出硬币,向着参孙掷去,“明年买房!”

“明年?那你还有六个月。”

“你这人怎么回事啊?”

“谁让你说出来?谁会把自己的愿望说出来啊?”

“为啥不说出来?”

“为啥是明年?”

“明年我女朋友就二十九岁了。”

她不再说话,跟孟凡挥挥手,往咖啡馆走去。

老樊不见了。她坐下，看菜单，准备叫喝的。菜单看了许久，她抬头叫侍应，发现父亲看着她。

“还是自己姑娘好看，是吧？”她打趣道。

“我姑娘好不好看，看看我就知道了啊。”

“哼，我看你现在眼里只有樊小花了。”

“哎，他也不容易。”

“哪里不容易了？人家带着两个马仔呼啦啦来俄罗斯签单，去赌场休闲一下还挣美元。”

“带两个人出来，也得花不少钱吧。”

“没用的话带出来干吗？他一个当老板的，肯定算过成本。”

“没看出来有什么用。”

“你真相信他在你附近的知青点吗？”

父亲沉默了一会儿才说：“我也没什么可骗的啊。”

她想了想说：“火龙果确实没什么药用价值。”

父亲笑了。

大巴载着他们回圣彼得堡。宾馆就在涅瓦河边,天色尚早,团员们三三两两到河边溜达。她、父亲和老樊也沿着河走。河面宽阔,风吹得头发乱飞,也吹乱正在拍婚纱照的新娘的白纱。几个团友见到金发的新娘,都借景拍照,把一对新人、河面、远处彼得保罗要塞的金色尖顶定格在同一画面中。新娘的白纱在高纬度的日光中燃烧般反射出耀眼白光。

老樊最先看见熊。他激动得语无伦次,手指在空气中击打着方向。顺着他的指尖看过去,先是一个卖冰激凌的木头小推车,接着是河堤和路面的圆石,不断扭转身体调整视线,才看见那只小小的、被冰激凌推车挡住了的棕熊。棕熊一动不动地站立。老樊叫道,好家伙,屁股底下有根棍子!小熊坐在一根竖起来的木头上,稳稳当当。它四周并不见驯兽人。直至他们三人走得近了,穿马甲的卖艺人才从河堤背后的草坪上闪出来。这么近距离地看一只熊还是头一次,父亲和她都有点怯,站得远远的不敢动。老樊却不怕,靠上前去,扔了张一百卢布的票子到卖艺人的帽子里,抱着手准备看热闹。

卖艺人吆喝了几声,小熊却不动,仍旧坐在木头上。他又吆喝了几声,像念咒,小熊挪了挪屁股,木头掉到地上。老樊鼓起了掌。艺人往熊嘴里塞了点东西,小熊直着身子走了几步就耍赖不走了。老樊吆喝起来,Stand up!Good boy,stand up!熊并不听他指挥。艺人又往熊嘴里塞了点东西,但小熊似乎打定主意不配合,继续赖在地上。老樊叹气道,这熊太小了,还驯不起来呢!又回头看看自己扔在帽子里的一百卢布,摆摆手说,算了算了。等他们仨走开了,艺人才吹起口琴。小熊呢,又坐回木头上去了。

“骗人的玩意儿!昨天买的巧克力也是假东西,

全是糖和淀粉！”老樊愤愤道。

“熊这么在街上蹲着，不犯法啊？”父亲说。

“你说咱们出来图什么？老遇上些骗子。”

“你跟只熊生什么气啊，那是畜生。”

“我就等着回莫斯科了，赶紧签单，完事，回家吃火锅！”

“不去 Casino 啦？”父亲逗老樊。

“去啊，怎么，你改主意了？”

“我连麻将都不会打，去了给人当傻子骗，有辱国威啊。提振雄风就交给你吧！”

老樊乐了，扭头对她说：“我就爱跟你爸爸说话。我们哥儿俩能聊到一块儿去。”

父亲遇见老樊，或者老樊遇见父亲，多少让他们的旅途有些不一样了。她想到父亲的好朋友，她口中的陶叔叔。二十年前，父亲跟陶叔叔也是这样消磨掉一个个白天和夜晚的吧。行酒令时，陶叔叔会自己瞎编口诀，比如，五魁首啊六六六啊，美不美啊看大腿啊。那是二十世纪九十年代初，小城的夜晚静谧也热闹。静谧的是街道，路灯昏黄，梧桐树叶低垂。热闹的是家家户户窗户里边的人声。作业总是做不完，她就在那盏红色的塑料台灯下写啊写。隔着门，父亲的声音几乎听不见，陶叔叔的声音却高亢而兴奋。陶叔叔的身体里像有一台永动的马达，轰隆隆运转，带给他无穷的力。他会跟父亲争论花生米到底怎么才能炸酥，要偷偷克扣多少车队的油钱才能给一大家子置办好年货。母亲离开后，父亲最落魄的日子里，陶叔叔总是带吃的过来。发现父亲老煮面条给她吃，陶叔叔一把夺过锅子冲父亲吼："你要把姑娘整死啊！"陶叔叔死时不到五十岁。如今的医学统计数据结果是，内向的人易生癌，外向的人易爆心脏。陶叔叔外向甚至急躁，却生癌。四十多岁健壮的身体，一年之内衰朽如枯木。父亲挂黑袖套，参加葬礼，骨灰盒入土时，父亲跟扶灵的陶家亲属一样大声吼叫。不是哀哭，不完全是，是比哀哭奇怪的声音，不知从身体什么部位发出。

陶叔叔走后，父亲再没有一起消磨，不，浪费时间的朋友了。成年人守着自己的堡垒。她现在多少可以理解父亲的沉默。从某个时候开始，跟最亲密的朋友巨细靡遗地分享，似乎被年龄或其他更钝重的力截断。她也一样。不再去麻烦别人，独自慢慢领受。无论老樊是真是假，几分真几分假，她感激他的出现，哪怕旅途即将停止。

父亲指着河对岸的彼得保罗要塞，跟老樊说以前这里是关苦刑犯的地方，还有铸币厂。

她想起临行前父亲塞进包里的小笔记本，密密麻麻都是网上摘录的景点要览。而她呢，在莫斯科一直没什么精神，到圣彼得堡后好些。她喜欢欧洲。油画是欧洲人被自然启示后伟大的见证。圣彼得堡悬在俄罗斯西端，有老欧洲的韵律和节奏。连天空、树、野花的颜色，也如印象派来临前的时代，荷兰画家们在市井小民的肖像画、野味珍禽的静物画里所铭记的那样——带着上帝亲吻的遗迹，洋溢的却是俗世的喜悦。

她停下来，看父亲和老樊渐渐走远了。她冲着父亲的背影喊："我累了，我先回去了。"

她独自回到房间。床窄小，但好歹是单人房。她裹着毯子躺了一会儿，翻看在冬宫买的画册。冬宫有提香、达·芬奇，有伦勃朗。她试着回想在原画前驻足时看到的色彩与光影，尽量不去在意眼前印刷品的轻微反光。抱着耶稣的圣母玛利亚被达·芬奇画得像人而非神。还是婴儿的耶稣看向画面之外，是达·芬奇让他看向画面之外，如蒙娜·丽莎看着一代代人般，婴孩耶稣也看着一代代人。

她戳亮手机。没有信息，没有未接来电。她花了那么贵的国际漫游费。

那天下午，接到陈鹏远的电话后，她茫然地把日期和时间写在玄关的月历上。她感觉不到好或坏的迹象。她吃得比平时少，可并没有消瘦。除了偶尔做梦，她没有掉入回忆的黑洞。甚至她看起来也还好。学生们没有投诉，同事们如常在走廊和休息室跟她点头聊天。可她身体里某个看不见也摸不到的部分出了问题。她能听到轻微的咝咝声。

约定的日期，陈鹏远来搬走她整理出来的几箱东西。她没有扔掉他的拖鞋，他也就换上那双蓝色的拖鞋，蹲在地上开始清点。“不会再打扰你了。你脸色不好，有时间去看看中医。”

为什么他用这种朋友般的语气跟她说话？

放下画册，她拿起钱包，打算下楼去买酒把自己灌醉，让这个夜晚赶紧过去。她讨厌清醒着的自己耽于无解的情绪中。她只想沉沉睡去。

就在她拎着伏特加瓶子走回大堂时，电梯门开了，孟凡和狮鼻女人迈出来，跟着是担架队。她还没来得及开口问话，狮鼻女人却冲到她面前，抓住她的胳膊：“我不会说……我不会跟医生说……姑娘，你帮帮我，帮帮我！”

狮鼻女人头发蓬乱，扣子错位。担架上，她年迈的丈夫神志清醒，却上了氧气。

她被狮鼻女人抓得有些疼了，皱了皱眉头，本能地想抬手甩开。女人的声音更急切了。她仔细看老人的脸，嘴角没有涎水，嘴唇也不发青，脸是有些白，可呼吸还平稳。护士们抬着担架不紧不慢往救护车走。

“他平时有没有高血压、心脏病？”她问。

“我不知道……”女人答。

“没体检过吗？”

“我认识他不久。”

她转头看看孟凡:"医生怎么说?"

"测了心电图和血压,血压有些高,得去医院检查。"孟凡说。

"你们去吧。明天见。"她转身准备离开。

"唉," 这次是孟凡叫住她,"你能跟我们去吗?阿姨这边可能有些事不方便。"

狮鼻女人脸红了,似有难言之隐。

她跟女人并肩坐在救护车左侧的长凳上。医护人员和孟凡坐在对面。已入夜了,可是天空不管不顾地亮着。救护车红蓝交织的闪光偶尔映进车内,把他们的头发、脸庞和身体染上颜色。窗外背景没那么亮的时候,她在车窗上看见自己的样子,与来俄罗斯后看见的街头醉鬼别无二致:披头散发,抱着酒瓶子。她身边的狮鼻女人,现在她才知道女人叫匡福琴,正拿着自己和丈夫的护照反复翻看。

她忍不住提醒:"信用卡是你的吧?"

“什么？”

“看病可能需要预付押金。一般用信用卡。”

匡福琴愣了：“我刷他的卡、签他名字，行不行？”

她跟孟凡对视一眼。

孟凡说：“到那边再看吧。”

孟凡站在医生旁边做翻译，听医生问诊。

“都好好的，他说想那个，我们就……都好好的，他的脸突然埋在枕头上不动。我将他翻过来，他整个脸变形了。我不知道该怎么办，他喘不过气来，捂着胸口。我把被子、枕头全部垫在他背后，不让他从床上滚下去，就跑去找小孟了。”匡福琴断断续续说。

医生从电脑上看片子，很快给了诊断。病人送院时扩张压 180 单位，但从心电图和其他检查综合看来，心脏并没有问题。先留院观察一晚。因为是外国人，又马上要回国，建议不再参团，回国后立即入院检查。

“心脏没问题？他刚才很严重。”匡福琴看着孟凡，不相信丈夫没有生病。

孟凡翻译给医生。医生很快地说了句话。孟凡没有翻译。

“医生说什么？”匡福琴问。

孟凡皱了下眉头说：“医生说，他只是老了。”

医生看看他们三人，又说了几句话。

孟凡翻译道：“您或者您的女儿可以留下来陪伴病人。他们会给病人用药和观察，也有医护人员在。”

医生把她当作匡福琴的女儿了，她哑然失笑，有点想鼓起鼻子，把自己的鼻子变得跟匡福琴一样瞩目。退一步讲，真是自己父母的话，因为超龄的激烈性爱而被送医院急救，她除了笑一笑，也不能做别的。

从医生办公室退出来,他们一起走去病房。躺平了的老人看起来更老了,几乎要被病床的围栏吞没。这么一个丈夫,还能跟匡福琴走多久呢?如果真如匡福琴所说,他俩认识不久,那么这段仓促的婚姻又是为了什么?她摇摇头。

旅行社的本地人员赶来了,让孟凡和她先回宾馆,明天一早还有行程。匡福琴和她丈夫会提前买票回国。

他俩站在路边等车。医院门口有一片小树林,树干均细而长,林冠呈黑色。幽黑的林冠之上似有薄雾升起。她感觉到扎骨头的冷,跺着脚咒骂几句,拧开伏特加瓶盖灌了一大口。

“我第一次见像你这样的老师。”孟凡说。

“哪样啊?”

“中学老师都戴个金丝眼镜,头发弄根皮筋一扎,白衬衫配毛背心,动不动就拷问你的灵魂。”

“人类灵魂的工程师嘛。”

“这话是俄国人说的。”

“哪个俄国人?”

“斯大林还是加里宁,记不清了。”

“书是人类进步的阶梯,也是他们的名言。”

“我也能背:‘理智无法理解俄罗斯’。”

“哈,还有吗?”

“俄罗斯有两大不幸:道路和傻瓜。”

“可以。你俄语专业?”

“俄语是自学的。我学的是政治学。”

“政治学?”

“想不到能找什么工作是吧?”孟凡笑道。

终于来了辆出租车。上车后两人沉默了一会儿。

孟凡突然说:“匡福琴是个老姑娘。”

“你怎么知道？”

“我打电话给他们，接电话的是老头的女儿。”

“女儿？”

“反正我知道，匡福琴是儿女给老头找的伴儿。”

“女儿也孝顺啊，还让后妈出国。”

“你猜老头多大？”

“七十岁？”

“还要大。那你猜匡福琴呢？”

“四十多岁？”

“三十五岁。”

“她看起来……”

“农村人都不保养的。”

三十五岁，几乎是她的同龄人，却被医生认作是她母亲。而病床上老头松垮嶙峋的皮肉……仰起头时稀稀拉拉的牙齿……是比父亲更衰老的男人。

“我妈也嫁了个老头。你知道吗，外国老头看起来更老。”她说。

“我以为你妈过世了。”

“跟过世了没什么差别。”

“你有兄弟姊妹吗？”

“我爸就我一个。”

“我有个姐姐。跟你一样大。”

“在老家还是？”

“在老家。我爸妈都是农民，跟你不一样。”

“你们这种健全家庭的小孩还有什么可抱怨的。”

“也是。我父母感情挺好的。现在就我和我姐养他们。”

“做导游来钱吗？”

“如果今年考核成绩好，我明年调去西欧线，收入就会高很多。”

“为啥？”

“这边最多就买买琥珀什么的，西欧……去瑞士怎么也得整块表吧？”

“挺好的。”

“你瞧不起我吧？”

“赚钱多好的事。谁不喜欢钱？”

“也是。你说，老头有钱吗？”

“我觉得不是很有钱。有钱的话，不会找匡福琴这样的。不过，男的就喜欢年轻的吧？越年轻越好。”

“看人吧。我就喜欢比我大的。”

“嗬……”她笑了，摇摇头。

回到宾馆，等电梯时她对孟凡说：“我也没见过像你这样的导游。”

“不是文盲是吧？”

“还行吧。认得几个字。”

“谢谢彭老师肯定。”

沿着长得像没有尽头的走廊走回房间，孟凡跟她一个方向。到房间门口，她停下脚步，突然想说句“谢谢”或者别的。孟凡却先开口说：“再见，对了，夏宫喷泉许愿真的很灵的。”

她顿了一下，不知做何反应，僵硬地伸手拍拍孟凡的肩膀。

一扇门开了，老樊走出来，接着是父亲。

父亲问：“你们干什么？”

“没干什么。”她说，“你们干什么？”

老樊抢着答道：“我们要出去。”

“去哪儿？”她盯着父亲。

“去……出去走走。”父亲说。

“你们不能随便脱团啊，我会有麻烦的。”孟凡说。

“你不许去。”她对着父亲，不知怎么来了脾气。

父亲不说话。

“我们又不去干什么坏事。”老樊说。

“为什么非现在去?这都几点了?你有心脏病不知道吗?”她又说。

父亲还是不说话。

“你去吧。什么都不用告诉我。”她说完拧身就走。

推开大堂的玻璃门,暴露在她头顶的是一片白夜。她抬手看表,不敢确定自己是不是已经有点醉了。云朵清晰,白对照出淡蓝,显得更白。白夜让人产生错觉,时间并未往前移动,而是被凝滞。跟暂时聚集成形的云相比,她是有年岁的。可是跟云背后的天空相比,她年轻得不值一提。她努力让眼睛跟上天空色彩的变幻,用自己懂得的那些原理,去分辨出光和颜色的秘密。那么,她多少会获得不能被人拿走的东西。

“在看什么?”父亲问。

“重要吗？”

“出什么事了？”

“没什么。”

“那小子骚扰你了？”

“你想什么呢爸爸?!”

“晚饭也找不到你。”

她抱着手不说话。

“他要是敢动歪脑筋，我跟你樊叔叔就去揍他。”

“不是你想的那样。”

“那你生什么气呢？”

“对啊，我生什么气！我凭什么生气！我爱跟谁出去就跟谁出去。”

父亲摸烟出来，点上，抽了几口。

她晃动着手里的酒瓶子，却根本不想喝酒。是伏特加吧，她大可用这么个借口。她可以任性地发泄情绪。

“你什么都不知道。”过了一会儿她说。

“是啊,我是种火龙果的啊。”父亲说。

她努力绷着脸,但还是笑了。

几分钟后,她和父亲坐在她房间里,四目相对。似乎谁也找不到话头,但又不能就这样离开。她掏出手机,反复阅读同一条信息。手机屏幕慢慢变暗,她靠向床头。

母亲走后的一个晚上,父亲喝了很多酒,抱着她哭起来:“妈妈不要我们了。”她陪着父亲哭。她才五岁,只能贡献出自己的哭声。用更大声的哭,来掩盖父亲的哭声。

现在她的某些能力却丧失了,包括在父亲面前哭出来的能力。他们能看见彼此的局部,更大的部分却被淹没。就像一根笛子上的孔洞,他们各自敞开、闭合,却栖身于同一根笛管之上,由同一根竹子所造。

“我跟陈鹏远分开了。”

“出什么事了？”

“他要结婚了，那个女的怀孕了。”

父亲沉默了几秒：“不结婚也没什么的。”

“是我搞砸了。对不起。”

“有什么对不起的？”

“我以为我可以做好的。有好的感情、好的婚姻。像其他人一样，生孩子，变老……可以不像你和妈妈一样，可以有完整的家庭。”

“你会有这些的。”

“什么时候？我已经老了。”

“爸爸还在，你就不会老。”

她鼻子一酸，却没有哭出来。她不能哭出来。这个晚上她已经向父亲发泄了过多的情绪，而这样的发泄并不能使她回到父亲的怀抱。她也回不去。

搬去跟陈鹏远同居的那天，父亲陪着她收拾东西。之前她有些恐惧于向父亲开口说这件事，拖了很久，最后让陈鹏远直接上门来跟父亲说了。父亲没说什么，她觉得，就是同意了吧。东西搬下楼，塞进车里，陈鹏远拉开车门先坐了进去。她也马上跟着坐了进去。父亲独自站在单元门口，两手垂着。陈鹏远倒车，打算掉头。她从后视镜上看见父亲，父亲还站在那儿。她摇下车窗，探出头对父亲喊，回去吧！父亲没有回答，也没有动作。车开走了，她摇上车窗。陈鹏远问她怎么了，哪里不舒服。她说不出来，父亲的样子像印在了车窗上，然后被风吹散。

当晚她睡得时间短，却很沉。醒来时才早上六点。拉开窗帘，天空经历了短暂的休眠后又开始准备亮起来。

昨晚她翻开的画册摊在书桌上。父亲进来时，小心地把画册从床上移到桌上，并没合上，保留它摊开的样子。从小,父亲就是这样收拾她的房间的。

那画册不知何时被风翻动,不再是她昨晚看的达·芬奇所画的圣母与耶稣,而是一个跪地的男人,光头赤脚,扑在穿红袍的父亲怀中。她扫了一眼,知道是伦勃朗晚年的名作《浪子回头》。她曾以此画为例子,向学生讲解:伟大如伦勃朗,如何在并不让人震惊的戏剧场景里,唤起观者对现实的激情与情感;人的关系和精神状态,在画面中如何达至美……

并不让人震惊的戏剧场景,是对昨晚轻微的嘲讽吗?

她掀开毯子,走进浴室。拧开龙头,热水从莲蓬头里喷射出来,打湿她的脸。她任水冲刷着面部、脖颈和身体。匡福琴的身体是怎样的?是跟她一样的构造吧:视网膜、舌头、声带、肺叶、阴道……

十三岁时的某一天,也是这样热水从莲蓬头里冲出来,以均匀的水柱击打着她脸的一刻,她意识到了身体的存在。跟素描课本里希腊神祇洁白赤裸的身体不同，这是属于她的身体，全然崭新。新是相较于人类拥有身体的历史长度而言。如果说人类的其他承载物，如建筑、宗教、音乐也自有历史的话，每一具新诞生的身体，又何尝不是人类身体史构成中微茫的一粒小黑点呢？而她竟然拥有它。她会与它终生相伴、不离不弃，直至生命终结。

发生在匡福琴身体上的事，跟发生在她身体上的事，都只有她们自己能够吞咽吧。能说出的，只是简略的事实。更多的，消融在茫茫背景音中。

跟陈鹏远一起的第一次旅行，是从阿姆斯特丹一路向南。在阿姆斯特丹的宾馆，他们一边吃蛋糕一边喝酒，很快失去意识。醒来时是清晨，电视开着，声音很大，两人半裸着身体，不能确定记忆里的是幻觉还是事实。让人略微悲哀的是，激情照进洞壁，刹那亮如白昼，但激情不会持久，难以持久。他们之后也做过些疯狂事，但那个麻醉后清醒的清晨，房间里淡蓝色的空气和窗外的雾霭，都不再降临于他们的精神与身体。

此刻也一样。她问自己的皮肤、头发和心：人和人，一个人和另一个人之间有真正对话的可能吗？如何在各自的特性不受损失的同时，彼此自由地沟通？她可以做到不对父亲撒谎，但真正的话，她无法说出。他们之间，注定有些事只能沉下去，再沉下去。

回想过往的几段恋爱，跟对方最炽热、密集地谈论形而上问题的阶段，往往是性开始发生之时。两人恨不得能有一根隐形的管子，接通二人的心思意念。只因有强烈的靠近对方、永远不再孤独的渴望。这应该是长大后的世界不再那么有趣的原因之一。性被许可后，人和人之间需要克制、专注及付出时间才能结成的友谊和进而能达成的沟通被瓦解了。

她感激孟凡昨晚的表现。他恪守了距离，就像童年时蹲在她身边捉虫子的伙伴，只拎起虫子说：“你看。”

她任水冲刷在脸上。跟自己家乡不一样，这里的水是软水，冲在脸上没有重量感。

这一天他们仍在圣彼得堡，转天才坐火车折返莫斯科，然后从莫斯科回国。自选项目时，父亲想坐船游涅瓦河，她想去艾拉尔塔艺术博物馆，合计之下就分头行动。老樊则不见人影。她叮嘱了父亲几句注意安全，就搭上去博物馆的商务车，只有五个人选择去博物馆。

柴女士热情地冲她招手，示意她后排三人座还有空位。她刚坐定，柴女士就问：“听说出事啦？”

她扭头。柴女士用食指把鼻子戳成朝天鼻的形状，冲她眨眨眼。

“你听说啦？”

“都知道。听说出了丑。”

她想起老头陷在病床里的身体和匡福琴涨红的脸，不太想谈这个。

柴女士又说：“你爸爸同屋那个人，今天一大早就出去了。”

“今天？几点？”

“六七点钟吧。”

“就他一个人吗？”

“还有那个高个儿的和矮个儿的。”

“又脱团了吧。”

“神神秘秘的。我看他不像是做生意的。”

“那像什么？”

柴女士没答，一会儿又说：“你爸爸平时挺受欢迎吧？在夏宫那天，好几个女的都找他帮忙拍照呢。”

“都拍糊了吧？”

“我可以帮你爸爸介绍……”

她学柴女士用食指戳起鼻子：“有这样的吗？”

“我说你还像个小孩呢。”

柴女士安静下来，转头看看她睡得直打呼噜的丈夫，随即也闭上了眼。

在艾拉尔塔艺术博物馆只待了一个多小时，地陪就带着他们去午饭定点的餐馆跟大队会合。父亲在船上吹风着了凉，正捧着杯子喝茶，见她来了，兴冲冲掏手机给她看自己拍的照片。不知是不是没戴老花镜，照片多半失焦，模糊成了印象派的风景。也有几张父亲在构图正中，矜持地微笑。

她从包里掏出笔记本翻开，让父亲看她给他的礼物。一片彩色的叶子。在博物馆门口的草坪上捡的。被笔记本压了后，叶子平展开，从绿到黄再到红渐变。

父亲很高兴，小心举着叶子的柄细看说："挪威槭。"

"国内有吗？"

"也有的。这树耐旱，喜欢阳光。"

"听起来性格很好。"

"零下二三十摄氏度也耐得住。咱们那边没有。"

"留个纪念吧。"

"漂亮得很。"

团餐快吃完时，老樊和两个助手才现身。其他人陆续离桌，在这家专做旅行团生意的中餐馆转悠，柜台前有各式俄罗斯套娃。

老樊囫囵吞下几口，问父亲看没看见餐馆门口的海报。

父亲说没留意，问是啥。

"俄罗斯代孕是合法的，你知道吗？"

“这个不清楚。”

“现在除了美国,就俄罗斯、乌克兰合法。”

她和父亲同时向门口张望，有张易拉宝广告。金发碧眼的妈妈扶着腮，旁边是金发碧眼的宝宝。上有五个大字:俄罗斯代孕。小字看不太清楚好像是:为世界生命之光。

“俄罗斯便宜！美国得上百万元。”老樊说。

“俄罗斯呢？”父亲问。

“只要一半。乌克兰就更便宜了。”

“那可以考虑。”父亲说。

她看父亲一眼,不明所以。

“就是就是,了解一下。”老樊边说边给父亲递烟。两人往餐馆门外走去。

她溜达到孟凡身边低声问:“那个老樊,有老婆孩子吗？”

“彭老师,这我可不能告诉你。”孟凡笑道。

“我担心他骗我爸呢。”

“怎么了？”

“两人神神道道商量什么代孕的事。”

“他是已婚。紧急联系人……好像就是他老婆。”

“有孩子吗？”

“人口普查啊，彭老师？”

“问你呢。”

“还真不知道。”

她皱着眉，瞪着不远处的老樊和父亲：“我爸是个书呆子，随便就相信人，被人卖了也不知道。”

“你一会儿好好问问你爸。没事，反诈骗我在行。”孟凡说，随即高声招呼团友们上大巴。

下午安排的是自由购物。父亲说有点累，想在宾馆午睡，她想了想就也没出去。下午三点钟，估摸着父亲差不多起来了，她拿着些从超市买的零食去敲父亲的房门。

不知是否刚睡醒的缘故，父亲头发乱蓬蓬的，人也矮了一截。父亲比以前走得慢了，她看着父亲的背影想。

父亲烧水给她泡茶，又打开她带来的零食检视。母亲离开后，父亲学着给她梳头。最开始总弄不好，辫子歪东倒西，后来慢慢熟练了，皮筋衔在嘴上就给她扎小辫。二年级她有了零用钱，三年级自己做主去理发店剪了男孩般的短发。父亲当爸又当妈，她既是女儿也是儿子。

“爸爸，想出去走走吗？我在地图上看这附近有个小公园。”她玩着手机。

“行啊。博物馆好玩吗？”

“你真该跟我去的。”

“这么好啊？”

“老樊为啥要找代孕？”她问。

父亲迟滞了一下，不看她，说道:“他儿子没了。”

“什么时候的事？”

“几年前。在加拿大留学，跟同学去露营时游泳，湖太深，淹死了。大学都快读完了，就要回来了。”

“他就这一个孩子？”

“他以前也在单位上班的，下海得晚。年轻时也没敢偷偷多生。”

“可是代孕……怎么个代法呢？”

“他和老婆做过试管婴儿，试了两年多了，可能年纪大了，女方采卵成功，但没法着床。说是什么萎缩了。”

“可现在生个孩子，他俩都五十多岁了，怎么带这孩子呢？孩子还没成年，他俩都七十多岁了……”

“我能理解他。以后你也会理解的。”

“为什么一定要生孩子呢？对孩子来说，他没法选择父母。才十几岁父母就不在了的话，孩子又怎么办？”

“汶川地震的时候，也有失独家庭五十多岁要孩子的啊。”

“是他想要还是老婆想要？怕是他想传宗接代吧？”

“白发人送黑发人，总是可怜的。”

她顿了顿，抬头问父亲：“如果我是个男孩，你会更开心吗？”

“我现在已经够开心了啊。又开心，又受罪……”

“我还没全部发挥呢！”

她跟父亲开着玩笑，收拾东西准备去公园。

“我以后会不会变成匡福琴那样？”她说。

“哪样？”

“被人说是老姑娘。”

“那个柴某某跟你这么说的吧？”

“她倒没说这个。医院的医生以为我是匡福琴生的。”

父亲愣了一下，笑了。

“你樊叔叔倒是说，女儿跟我好像。女儿像爸有福气。”

“他真是说瞎话不打草稿。”

公园入口很隐蔽，看着地图绕了好几圈，他们才找到一扇小门。门票六十卢布。入园后，花园的美丽出乎意料。这里原是私人宅邸，新近改建为博物馆和公园。除了高大的乔木，还有平如镜的池塘，但曲折绵延又像围墙内部的小型运河。几座石桥，鸭子在水面静泳。花坛里种植着大量玫瑰，花的馥郁与高大树木的清新气息直冲鼻腔。从周围热闹的城区闯进来，这里就像隐秘的绿洲。

父亲的疲惫一扫而光，色彩、植物与户外的味道比茶更为他带来活力。他走几步，蹲下，拍照，然后心满意足地摸着植物的枝干或落叶。她想，怎么不给孟凡塞个红包呢，这样她就能带父亲脱团，去植物园走半天。父亲会跟现在一样开心。至少比老樊带父亲出去更开心。她有些懊丧，但很快被远处圣母升天教堂的景致吸引。这宅邸曾经的主人，一定拥有传奇。

她走进凉亭。凉亭是圆形底座，五角形顶盖。柱子也五根，刷白漆。顶盖铜绿色。她站到凉亭正中，感觉像剧场舞台。她咳了一声。神奇的是，声音格外清晰圆润。应是有独特的声学构造。园子的主人曾在这里演讲吗？还是演出？凉亭并不大，只适合一到两人立于其中。有点园林中听昆曲的意味。她对着不远处的父亲轻轻喊了声“爸爸”。跟平时听到自己的声音不同，这声音像是来自另一个她，其他时空里的她。

“干啥? ”父亲从草坪中起身看向她。

“爸爸是个大笨蛋! ”

父亲笑了,冲她挥挥手。

她又喊了一遍:“爸爸是个大笨蛋啊!大笨蛋!”

上午在博物馆里,她在一个综合材料作品前看到一段话:

我们的生活是一张白纸,每个人都在上面写下自己的故事,还是我们被编程了标准的功能,类似于一台机器?

哪一个是正确的选择——接受生命为我们准备的东西并停留在它的圆形边界内,还是从陷阱循环中挣脱出来?

我们真的从一开始就有这个选择吗?

如果我们挣脱出来，一个人如何在限制内保持理智，以及在限制之外又会有什么呢？

她想把这个作品跟学生们讲讲。也许有孩子能感受到她的想法。自然，也可以不给孩子们增加负担，只在教科书里找样本，比如换个角度谈伦勃朗，讲讲后期的伦勃朗。

在冬宫时，地陪导游领着他们穿梭在俄罗斯帝国的宝藏中。看了达·芬奇后，导游把他们领到荷兰画家专区，讲解画布上锃亮的玻璃瓶、古雅的金饰和人物的关系。导游说，第一眼看这些画，很难不被人物手上的戒指、低垂的头巾和房间里灵动的物品吸引，这些物品像是说明了主人的身份、心情和生活。团友们凝神细看，跟围观达·芬奇的圣母像时轻微的漠然不同，她能感觉到团友们的目光投在那些细小物品上时的专注以及洋溢的愉悦。

父亲在她身边，歪头看着画面上的手和戒指。

手和戒指的主人是个普通市民，虽是年代久远的荷兰人，但跟父亲和她一样，是个普通市民。然后他们往前走，在熙熙攘攘的人流中穿过人类文明的长廊。看到伦勃朗真迹时，她非常震撼，以至于掉队，在画面前驻足许久。但这是她自己的选择，她的小世界。再没有第二件艺术品，像荷兰画那样将三十七个人凝聚在一起了。

此刻，她站在凉亭中央，这个神奇的讲台上，想起了平时在课堂上想说但从未说过的一些话。

“在伦勃朗年轻时，像大多数天赋卓绝的画家一样，他热爱高纯度的颜色、闪亮的光线。那时照相机还没被发明出来，人想要看到逼真又美丽的自己，想要让画家把自己的容貌留存在画布上以至不朽。

“伦勃朗满足这些人，讨好这些人。他画得非常像主顾本人，又柔化了他们脸上的瑕疵。每一个人都能在画中看到令人愉快的自己。

“画的表面光滑、均质、平整。主顾们可以得意地在沙龙里展示，没有谁会看不懂一张肖像画！画面里的人儿看起来多么尊贵又可爱！

“但伦勃朗的天才引导他越来越远离这种安全的作画法。他画了《夜巡》，意图永垂不朽的赞助人们被他的画笔埋入幽黑暗影中。

“这种画法让人不安。在占据画面更多的暗影中，似乎有很多人不能一眼看穿的神秘在发生。伦勃朗开始下滑，与曾经的成功相反，他开始失去名望、濒临破产。

“伟大的画家有很多种，伦勃朗毫无疑问是伟大的色彩画家。他用令人震惊的方式运用色彩，全新讲述色彩的关系。可到了晚年，他几乎只用土红色、灰色、紫色来画单色画。在单一的色彩中，色彩在更奇妙地发生变化，已经不来自材料本身，而是伦勃朗的手和灵魂。笔触的轻或重、笔法的节奏，伦勃朗化为色彩的表达。

“和谐能达至美。单色的和谐中,是画家对绘画本身更透彻的领悟。光在颜料颗粒的表面折射,如何把握住每一个颗粒的特质?哪怕它们是单色。

“伦勃朗让每一个色彩的颗粒,都迸发出无与伦比的生命质感。就像颜色本身那么神秘又普通。”

她长长地舒了一口气。睁开眼睛,父亲远远站着,不知什么时候开始听她的讲述。

老樊告诉父亲,他已经跟代孕中心签了预订合同。顺利的话,明年下半年,他就能从俄罗斯抱回自己的孩子。

“这么快?”父亲问。

“只是没想到,下个月我又得来了。跟老婆一块儿。”

“你这也太快了。这可不是小事情啊,得想想清楚……”

“就得当机立断。唉,你不知道有多难。”

“一会儿我请客,怎么样?”

“用不着。去的路上包被抢了,让他抢,我钱包、护照都在贴身兜里。”

“人没事吧?”

“没事……”

父亲缓了缓,递烟给老樊:“这趟来得好,来得顺当。”

“阿弥陀佛。”

老樊看起来很开心,像就是奔着代孕来的。

她忍不住开口道:“樊叔叔,你签合同了吗?”

“签了签了。”老樊愉快地抽了口烟。

“中文的啊?”

“我请了翻译……”老樊说了半句不说了,笑着瞟了她一眼,继续跟父亲抽烟。

“樊叔叔，”她又喊老樊，“你认识我妈吧？你们还有联系吗？”

“你妈妈……”老樊吓了一跳似的，“你妈妈不是过世了吗？”

“你说呢？”

“我听你说的啊，你妈妈过世二十多年了。”

“你不是认识她吗？你们在一个知青点当知青来着。”

“对啊，等等，你把我绕晕了。我跟好些人没联系了。我要是跟你妈妈有联系，我能不认识你爸爸吗？对吧？”

“樊叔叔认识大志。大志你记得吗？”父亲打圆场道。

“哪个大志？”她想不起来。

“老书记的小儿子，大志，也来过我们家的。有阵他来城里打工，给我们送过核桃，一麻袋核桃。”

"有点印象。"

"大志在工地上被弄断了手，半残，回村里受欺负，是樊叔叔给他安排事情做的。"

"我自己公司用不上，托了个朋友让大志去看店了。"老樊说。

她有些鲁莽，但老樊并不在意，像是对她的攻击性有所准备。

老樊揽着父亲的肩往前走了。她半眯着眼，看父亲和老樊的背影越来越小，越来越难以分辨差别。

老樊会再有一个孩子，从这个陌生的国家抱回一个属于自己的孩子。不管事实如他所说是临时起意，还是如她所想是早有计划，总之，让自己再做一次父亲，让一个新生命因他而来到世界……一边抱怨这里的种种不如意，一边又决断着人生中的大事。

这是个主动的人哪。也许，主动与被动并无绝对。她看似被动的恋情失败，父亲看似被动的婚姻破裂，部分决定于他们的主观态度。事情都是一点一点变坏的，并不是在某个瞬间。在变坏的过程中，在场者皆不能逃脱干系。

她想过，耗费数年、数十年的时间去与另一个人相关，到底能带来什么？并不是约定俗成、可归纳的陪伴、相濡以沫之类的词。如果没能成为一个更好的人，如果不能真的自由，像空白画布呈现的那种绝对自由，那么一切的关系都是可质疑的、不可靠的。陈鹏远也好，曾经的男友们也好，并不是阻碍。母亲也不是父亲的阻碍。风景的铸就是一个运动着的过程，哪怕凝缩在画布上，也带着时间的深度与印记。

她打开背包，掏出笔记本翻开，里面夹着另一片挪威槭的树叶。她作为礼物送给父亲时，备份般留了另一片给自己。

环顾旅行团的其他人，和煦，热闹，正常。她太可笑了，竟然向老樊求索母亲的信息。还是上帝太可笑了，让她只能以这种方式去确定老樊的真假？

她拿出叶子，松开手指，叶子坠落在泥地上，不会被她带走了。叶子混入叶子堆里，像不曾被她拾取、短暂收藏。彩色的叶子混入更多的色彩里。她已不能只像女儿般看待父亲和母亲了。属于她的色谱里，早早混入了不同颜色。

她站起来，独自走开。

花二十卢布去洗手间后，出来时她看见孟凡坐在树下的长椅上等团友集合。最后一个项目参观莫斯科地铁结束了，明天一早他们就回家。

“我帮你查了。”见她走过来，孟凡低声说。

“什么？”

孟凡努努嘴，示意凉棚下站着抽烟的老樊和父亲。

“怎么样？”她问。

“人家是企业巨子。”

“我忘了问你,他真名是不是叫樊大花?”

“谁跟你说他叫樊大花?”

“行吧。”

“我搜到几条有关他的新闻，都是投资什么的。”

“那还省啥钱,去美国做不是更好?”

“俄罗斯姑娘漂亮啊。”

“还查到啥了?”

“其实这事挺常见的，我带过的团里都有好几个。”

“你是说这是他的隐私,跟我隐瞒了也合理?”

“出来玩嘛,回去多半都不联系了。”

“我爸好像挺当真的。”

“我泛泛说啊,也有成了朋友的。”

“有跟导游成了朋友的吗?”

"肯定没有。除非这导游不是一般的导游。"

她笑了。

"匡福琴怎么样了？"她问。

孟凡抬手看了眼表："应该已经落地了。同事联系了救护车，落地也没回家，直接拉去医院。"

"他女儿知道了吗？老头女儿。"

"但愿不会有什么事吧。扯起皮来，索赔什么的就麻烦了。"

"但愿吧。"

"你别再想了，我说老樊这事。谁没点秘密，是不是？"孟凡说。

"有些事你不知道。"

"什么事？他走私原油还是枪支？"

"净瞎贫。"

"我跟你说吧，真人不露相，露相非真人。老樊这么咋呼，藏不了什么大事。你知道那人是干什么的吗？”孟凡朝柴女士的丈夫武先生努努嘴。

“知道啊，色狼。”

孟凡笑了：“他从事特殊职业。”

“这种身份，不容易出来吧？”

“他开的是一家商业银行的在职证明，是高管。第一次签证不过，补了资料才过关。”

“这年纪都该退休了。”

“差不多吧。唉，我得先去忙了。记住我的话。”

“哪句啊？”

孟凡匆匆走开。草坪上，几个俄罗斯姑娘在晒太阳。长发如瀑，浅金色的大瀑布。老樊要找个“纯的”，就得这么纯吧。

团友们三三两两踱步，组合出不同的关系与未知的秘密。她喘出一口气。在别人眼里，父亲又何尝不古怪呢？一个天天搓泥巴种水果的人，看餐厅里的芭蕾舞竟然感动得要流眼泪？而她呢，一个中学美术老师，又为何对冬宫里人人叫好的金孔雀不屑一顾？风把散碎的阳光从她脸上扫过，树叶的色彩叠加了阳光的温度，她闭上眼仍能感到一片橙色，快乐的汽水般的橙色，细小的橙色气泡在涌动。

父亲和老樊绕了回来，两人在她身边的长椅上坐下。老樊说："我养过猴呢。"

"啥猴？"

"我种地的时候，老有猴子下山来掰苞谷。我就布了个陷阱，真就抓到一大一小。大的一放出来就跑了，还差点抓烂我的脸。小的被我逮住了，心说看看我怎么治你！我弄个绳套套在它脖子上，拴在牛棚边上，一来二去就算是养上了。"

"你这饭都吃不饱，还养猴子。让你学农呢，你搞马戏。"父亲打趣道。

"劳逸结合，劳逸结合。再说了，这可不是说养就能养的，熬鹰的也得有点绝活，不是人人都熬得起的。”

“我怎么有印象，是有个耍猴的知青。我还听说，那只猴子跑了后，还会回来看你。”

“哈，闲话果真都跟童话故事一样。”

“十里八乡，养猴的城里知青，就你一个了吧？”

“这倒没错。”

“哪里对不上？”

“我的猴是给打死的。”老樊沉默一会儿，又说，“我也想它是自己跑了，回山里面快活去了。搞几只母猴子，生一大堆猴子。谁知道呢。”

“到了咱们这个年纪，身边熄灯的越来越多。有时候我觉得自己不过在苟活。有人早在年轻时候就死了。把我们要用后面几十年才能知道的事看透了，就去死了。他们亏吗？一点也不。成全自己，自己能成全自己。”

“我的猴跟他们不一样。猴不是自己选的。不过，动物世界里，好像只有人会自己选？我佩服他们，说实话。我也懂他们。懂！”

“不谈这些，不谈了吧。你大事情都成了，这些要放下。”

“嘿，孙猴子吹根毫毛，给我变！”

她一直没睁开眼，默默听着父亲和老樊说话。他们的话像潮水起伏，把记忆或秘密推至意识的边缘，终又退去。跟树和阳光的合力谱写不同，他俩的笑声是实在的、快活的、白色的。

第二天去机场的路上，堵车很严重。孟凡安抚旅客们说，赶上星期五，莫斯科人都开车出城，他们要在郊外小屋烧烤、钓鱼、过周末。“俄罗斯人就这样，嘿！”

过了十多分钟，孟凡勘察回来告诉大家，警察说还要两个小时交通才能畅通，附近有个大超市，可以步行过去，回头司机把车开过去接大家。

于是，三十五人下车，跨过公路边的护栏，踩在野草和泥土上，往不远处的仓储式超市走去。草疯长，茂盛无边，扯住人的腿，短短一段路像在跋涉。他们像莫斯科人那样，走在郊外的野地上。

老樊两只手臂打着拍子，不断挥舞刺向空气，高声唱着歌。他说要请每位女士吃冰激凌。

“老樊像陶叔叔。”她说。

“陶叔叔？”

“五魁首啊六六六啊，美不美啊看大腿啊。”

“都是一张嘴。”

“能跟你胡说八道。”

“嗐。”

“这就是你的好朋友呢。”

“你爸就是个普通人呀。”

“你猜我最喜欢陶叔叔什么？”

“爱跟你们小朋友玩？”

“不是呢！我喜欢他说，长大吧长大，让你爹心碎吧！”

“孩子里面他确实最喜欢你。”

“爸爸。”

“啊？”

“爸爸！”

“发摩斯密码呢你。”

“真是密码的话，怎么也得是巴巴爸爸巴巴爸爸爸巴巴巴巴爸爸。”

她想起小时候，一个下雨天，她跟父亲也这么各自走着。她打着伞，父亲裹着雨衣，把她的书包抱在怀里。雨水打在伞上，也打在父亲的头发上、肩膀上。

她觉得和父亲会永远这么走下去。记忆如此清晰，她既不哀愁，也无遗憾。老樊挤了上来，跟父亲热闹地说起了话。

她放慢步伐，慢慢地，就只剩她自己了。

后天，她将回到讲台上，开始第三单元第一课，"追寻美术家的视线"。而此刻，在莫斯科的野草、泥土和气息里，她的眼睛吸入微小之物的颜色，待它们沉淀为单色的颗粒。

熟悉的基本的事物

作者 郭爽

第一次经历白夜是极震撼的。时间的指针被重拨，也可以说静止。太阳既不落下，身体就没理由疲惫。虽不是世界末日，但分明觉得被赦免。黄昏拉长，余晖的光照持续很久。在这长久、温柔的光线里，适合故事开始，也适合终结。

把故事放进旅途中，跟把故事放进时间里，本质是相同的。前者不过是后者的比方。因此对我来说，写旅途中的一对父女，就是写他们的生命记忆，在彼此的时间之河中，那些交叠又最终分岔的部分。异国的白夜因此是背景，也是时间的特殊注脚。

《挪威槭》写的是熟悉的、基本的事物。是日复一日的生活中，时间凝结而成的材质，经由虚构的经纬编织、裁剪，进而创造出的小说晶体。它大致承载了我一段时间内对文学的思考，以及对基本事物的专注。人和人，一个人与另一个人，可能是父与女、母与子这种持续一生的关系，也可能是旅途中短暂的相逢，但无论如何，都是存在的证明。在发现的瞬间，时空凝滞，或者被无限扩容，真正重要的事浮出水面，让人的面容被光雕刻而出，终究彼此不会走散。

距离上一次在《收获》发表小说，不知不觉两年过去了。我还在写小说，还将继续写小说。正是写这个小说，让我可以度过2020年。如果不写它，我不知道自己能否度过，又会有什么留在手中。

谢谢吴越定下了《挪威槭》这个篇名。在小说里，它是礼物，是发现的瞬间、取舍的智慧。也正如挪威槭叶片的多彩，这个小说里充满了色彩与声音，暖色的、松弛的、自在的。写这篇小说，以及回看它的每一次，都给予我安慰。它封存了沉默的美德，以及节制的爱。

这一片叶子从此跟所有的叶子有所区分

——《挪威槭》点评

作者 东君

评论

《挪威槭》用不到三万字的篇幅为我们铺开了一场异国之旅：当火车穿过广袤的俄罗斯大地，我们可以看到一对父女各怀心事坐在车厢里。于是，一个接一个故事就像一节车厢接一节车厢，拖曳着灯光，伴随着低沉的轰鸣，穿过夜晚的旷野。读这篇小说，你会感觉作者就这个车厢里，读者也在这个车厢里，共同见证了这对父女的旅程，也窥见了他们的幽暗心路。小说从一颗牙齿开始。父亲的一口好牙被庸医弄成坏牙之后，脾气似乎也随之变坏,“跟他那些隐秘的、沉睡在记忆底层或心湖深处的烦恼不同,牙既暴露于人前,也日日使用,才成了发泄的出口。”父女俩由琐碎物事而引发的牴牾、抢白、互怼,乃至沉默,也就成了家常便饭。因此,这样的旅途,难保他们不会发生什么令人啼笑皆非的故事。但小说中几乎没有发生什么跌宕起伏的事件（除了那对老夫少妻的插曲),一切都是那么不动声色地开始,那么不动声色地结束。

火车不断向前推进,记忆却朝后退,这就类似于物理学的作用力与反作用力。眼前的场景刚刚出现，记忆里的场景已经在脑海浮现。小说中的每一个场景似乎都可以对应一件往事。作者惯常使用的蒙太奇跳接手法在此得到了淋漓尽致的发挥。与此同时,父女之间的关系也出现了“作用力与反作用力”。当父亲要在红场边上的百货公司买伏特加时,女儿劝他回国前再买;父亲坚持要买,女儿就吼他几句;父亲作为三十七人旅行团中的一员,再赌气,吃饭还是得回到一张桌子上来;女儿转头就后悔,但也不肯就此道歉……在这趟旅程中,女儿与父亲好像一直在较劲。父亲要跟一个陌生人重提往事(而且是一件不太光彩的往事),女儿立马打断他,试图阻止他自曝家丑。事实上,这也是女儿深感不解的地方:在家中她想知道母亲的过往,父亲总是闭口不谈,在陌生的地方,父亲却愿意打开这个话题,跟陌生人谈起自己的隐私。女儿的性格与父亲有相似之处,却又偏偏扞格难通。因此,她跟父亲较劲就是跟自己较劲,而另一方面,现在的父亲也在跟过去的父亲较劲。从父女俩谑而不虐的对话中可以看出,他们之间有着永远不会达成和解的和解,但正是这种不可调和的关系,反倒使父女俩各怀隐秘的甚至羞于表达的爱。正是这种爱,在彼此的情感世界里产生了一种强劲的“作用力与反作用力”。

小说的题目是《挪威槭》，但故事的发生地却是俄罗斯。空间的距离拉远了，时间的距离却由此缩短：很多年前发生的事仿佛就在昨天刚刚发生。在旅途中，父亲打开了一个又一个故事匣，也打开了自己。但他并不知道，对女儿来说，此行是一次伤怀之旅。在此之前，她跟男友分手了，对方搬了出去，车留给她，还有一屋子零碎。具有讽刺意味的是，这里面就包括一张“该死的双人旅行套餐兑换券”。由此我们可以看到，父亲喝了酒跟人讲述的往事和女儿在脑子里回溯的往事几乎是交替进行的，它们就像两根铁轨，让叙述的列车飞奔起来，呈匀速直线运动。在陌生的异国他乡，女儿眼中的父亲慢慢变得熟悉起来。他的一句话、一个表情、一个动作，都在有意无意地呈现父亲的另一种不为她所知的形象，而原来在家中建立起来的固有形象则稀释其中，相互渗透。

这篇小说里有一个核心意象，那就是挪威槭，确切地说是挪威槭的叶子。这是女儿送给父亲的礼物。研究植物的父亲告诉她，这种挪威槭耐旱、喜欢阳光，零下二三十摄氏度也能耐得住。那一刻，在女儿的心目中父亲的形象大概就像挪威槭。女儿在自己的笔记本里也夹了一片同样的叶子，这既是对美物的惜护，也是对往日的深情系念。小说接近尾声的部分这样写道:“她拿出叶子,松开手指,叶子坠落在泥地上,不会被她带走了。叶子混入叶子堆里,像不曾被她拾取、短暂收藏。彩色的叶子混入更多的色彩里。她已不能只像女儿般看待父亲和母亲了。属于她的色谱里,早早混入了不同颜色。”这一片树叶,自从夹进女儿的笔记本之后，它就跟所有的叶子有所区分了。

写到俄罗斯时，郭爽的那种语言也让人想起十九世纪那种很有画面感的俄罗斯小说。作者把窗外的景物描述得愈美,内心的风景愈见荒凉,而往事也愈见残酷。如果说此次旅行尚存诗意，那也是一种残酷的诗意吧。

“微小之物的颜色”

——郭爽的《挪威槭》

评论

作者 岳雯

从构成框架上看,《挪威槭》是那种限定性很强的小说——一趟俄罗斯跟团游,有限的时间,确定的空间,旅途种种对于今天有着丰富境外游经验的读者来说似乎也可以想见,仿佛一眼就能看到全貌。然而,偏偏是这样的小说,却生出了无数的枝丫,就像繁复的毛线团,每拎起一个线头就会得到一个别样的故事,而这些故事又是语焉不详的,它似乎不经意之间透露出一两点线索,转而沉默不言,把主动权让渡给了读者，让他们依凭自己的经验与想象来填充、完成，甚至改写这些故事。

那么，这都是些怎样的故事呢？小说的表层，或者说讲述得最细致的是父亲和女儿的故事。在婚姻解体之后，母亲远嫁国外，父亲没有再娶，而是选择和女儿相依为命。女儿在恋爱后，搬出了家，留下老父亲独自生活。现在，女儿失恋了。父女俩踏上了这次旅程。小说对父女两人在旅行中的互动描写得很动人。长大了的女儿在父女关系中自觉担当起保护者的角色，她担心父亲受骗，执拗地想要掌握父亲的社交关系，保护他避免伤害。然而，这样一个敏感的文艺女青年，面对世事也时常感到软弱，希望能重新回到父亲的怀抱。父亲呢，有时候像一个小孩儿，想要挣脱女儿的保护，有时候平静地接受女儿的脆弱，试图安慰她。父亲和女儿互为孩子，同时也不乏关系中的角力乃至冲突，情感关系的幽微、曲折尽在于此，令人动容。沿着这棵粗壮的大树，小说又延伸出其他的枝条。比如，父亲和母亲恋爱的故事，女儿和前男友陈鹏远的故事；再比如，旅行团友中商业巨子老樊失去了儿子，寻求代孕的故事，年轻的妻子匡福琴和她年迈的丈夫的故事，柴女士和她丈夫的故事，女儿和导游孟凡微妙而克制的关系等。当然，在小说中，旅行的目的地——俄罗斯则是另外一个故事。父亲这一代知识分子对它的原乡情结，女儿这一代人仅仅在欧洲的意义上看待它，以及商人将它视为资源(自然资源或者身体资源，以及两者兼备),构成了这部小说不断轰响的背景音。女儿对于绘画艺术的若干思考，则将一个旅行团的故事讲得文艺而精致。这些故事看上去并没有什么必要的关联，仿佛是一阵风吹过,大树的枝条偶然交会，它们短暂停留，等待另外一阵风让它们四散而去。从这个意义上说,《挪威槭》是一个颇为“自然”的故事,作者似乎并未刻意赋予其意义，仿佛只是忠实地按照生活本来的面目描摹。

关于这一点，郭爽似乎也有犹疑。一方面，她想让她的小说“接近生活本身”，但另一方面，她也想让我们以小说的方式去理解生活。什么是小说的方式？詹姆斯·伍德说：“小说与诗歌、绘画与雕塑——观察的其他艺术——的最主要区别，就在于这种内在的心理要素……通过严肃地观察人们，你开始理解他们；通过更努力更敏锐地察看人们的动机，你能看到他们周围和身后的事物。”为此，郭爽尽可能地敞开了“她”的心理世界，让我们得以看到心绪是如何随时随地改变其形状的。正是在不断整理“她”的心绪的过程中，郭爽向我们暗示了她的兴趣所在。“一个人对另一个人的了解，能到达什么程度？”“小提琴有四根弦。弦与弦并不相交，只有在琴弓和手指的触摸下，它们才发出和弦音。”“只要看得足够久，足够仔细，事物的面貌就会如试纸上析出的盐一样显形，留下人类眼睛可辨认的痕迹。”说到底，她是在邀请我们同她一起观察，观察人们如何想象他人、看待他人，进而理解他人。而旅行团这样一个临时组合起来的小团体，就构成了观察的绝佳场所。

现在，让我们试着回答，一个人对另一

个人的了解,究竟能到达什么程度?

在陌生人之间,人们依据固有的伦理、道德标准想象他人。匡福琴和她年迈的丈夫的故事，就被小团体的人们解读为年轻女性用身体交换财产的老套故事，并不惮于将他们放置于道德链的底端从而获得道德优越感。这与小地方的人们以同样的价值标准想象、鄙夷父亲构成了呼应。只是，当社会的通行价值序列发生变化之后,有的人,譬如父亲,就从这样的单一化想象中逃逸了。

恋人之间渴望完全的了解，但事实上也是不可能的。在郭爽看来，性的快速达成，某种程度上阻碍了精神意义上的互相了解。那么，至亲之间呢？就如同小说中的父亲和女儿，他们经历了共同的伤痛，并共同选择对于伤痛缄默不言，是否就可以完全理解彼此？事实证明这也是徒劳。整篇小说，大抵就在写这种让人心酸的徒劳。小说写道："他们能看见彼此的局部，更大的部分却被淹没。就像一根笛子上的孔洞，他们各自敞开、闭合，却栖身于同一根笛管之上，由同一株竹子所造。"这可以说是整部小说的出发点，也是目的地。幸好，还有陌生人在瞬间仿佛天赐一般的理解。老樊和父亲正是如此。尽管"她"对老樊充满了种种不信任和质疑，不可否认的是，老樊和父亲的交流是小说中最喧哗然而也是最温暖的一部分，冲淡了本来会一寸寸低下去的黯然。

《挪威槭》是那种堪称典范的小说。它专注于处理情感关系和伦理关系，擅长描绘如浮云一般阴晴不定的心理。它懂得在合适的时刻保持沉默，也懂得欲言又止的精妙所在。当下的、社会的、历史的、文艺的都在这个小说中有适当的配额。它隐隐约约指向某个更宏大的东西，但尚未触及就已经抽身而去。“微小之物的颜色”——我们被这样的小说反复训练，同样在等待它“沉淀为单色的颗粒”。